La Sorbonne . 6 mai 68 .

Chez Papy . 1975

Papa
à 20 ans

1995 . Chez Camille

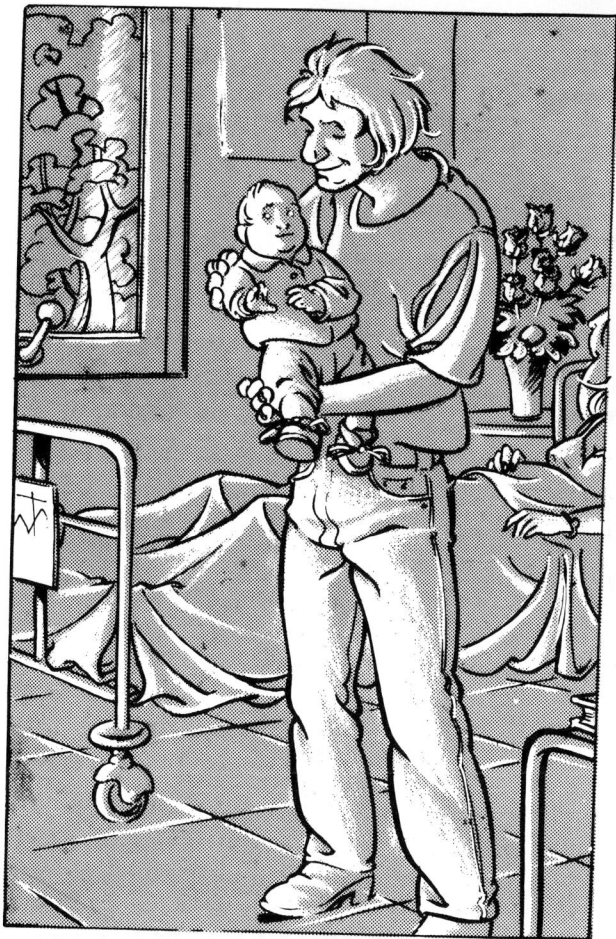

Juin 68... Papa a l'air heureux, non ?

Photos :
Studio BAZILE

Dépôt légal : mai 1998
ISBN : 2-205-04595-4
Imprimé en France - Publiphotoffset, 93500 Pantin - Avril 1998
Printed in France

5

QU'EST-CE QU'IL SE PASSE ?

EUH... J'AI ENCORE DÛ ME TROMPER DE CADDIE...

C'EST PAS GRAVE C'EST NOUS QUI INVITONS... ON A LES PROVISIONS DE LÉO.

DU "CAPTAIN CHOC" DES TAGADAS, DES BARRES AUX CÉRÉALES, DE LA CRÈME DE MARRON, DES BERLIN-GOTS DE LAIT CONCEN-TRÉ ET DU SIROP D'ORGEAT !

BEN... COMME MARCEL NOUS INVITAIT JE M'ÉTAIS DIT QU'ON POUVAIT EN PROFITER POUR SE PAYER DES PETITES DOUCEURS...

QUELQU'UN REPRENDRA DES "CAPTAIN' CHOC" ?

NON MERCI. PAR CONTRE, S'IL RESTE DE LA CRÈME "MONT-BLANC"...

ALORS COMME ÇA, MONSIEUR STAN VOUS ÊTES MUSICIEN? VOUS FAITES LES BALS ?

NON, JE FAIS DE LA MUSIQUE DE CHAMBRE...

AH ? ÇA DOIT BIEN MARCHER, ÇA...

EUH... PAS TERRIBLE...

C'EST BIZARRE... 'Y' A POURTANT PLUS DE CHAMBRES QUE DE SALLES DE BAL...

ENFIN...

DITES J'Y PENSE... J'AI CRU COMPRENDRE QUE VOUS AVEZ BESOIN D'UN LOCAL POUR RÉPÉTER... J'AURAI SANS DOUTE CE QU'IL VOUS FAUT MAIS IL FAUDRA ME FILER UN P'TIT COUP DE MAIN...

C'EST RÉMUNÉRÉ... AU NOIR... VOUS VERREZ C'EST DE TOUT REPOS.

UN PEU PLUS À GAUCHE... ENCORE... HOP!... HOP! LÀ, C'EST BIEN. TOUT DROIT MAINTENANT!

J'SUIS DÉSOLÉ... J'T'AURAIS BIEN AIDÉ, MAIS TON PÈRE A DÛ TE DIRE... MON DOS... HEY!! ATTENTION!!

LOISEAU frères ANTIQUITÉS

SKRIIITTCH!

AH! C'EST MALIN!! COMME ÇA, C'EST PLUS DE L'ANTIQUITÉ... C'EST DE LA BROCANTE!!

DÉSOLÉ MARCEL MAIS J'AI LES BRAS QUI FATIGUENT...

PFF! LES JEUNES D'AUJOUR D'HUI! DU JUS DE NAVET DANS LES VEINES! 80% DE RÉUSSITE AU BAC MAIS PLUS RIEN DANS LES BICEPS!

CON

CONCIERGE ET GARDIENS L'ESCALIER

TU PARLES D'UN BOULOT DE TOUT REPOS! C'EST LE 3e APPARTE- MENT QU'ON VIDE! ILS DÉMÉNAGENT TOUS OU QUOI?

C'EST L'ÉPOQUE! MAIS CELUI-CI, C'EST UN DÉMÉNA- GEMENT... DÉFINITIF...

LÀ OÙ IL EST PARTI, LE PROPRIO N'A EMPORTÉ QUE 4 PLANCHES! SES HÉRITIERS M'ONT CHARGÉ DE NÉGOCIER LE RESTE DU MOBILIER...

MONSIEUR BOGAS? MONSIEUR LOISEAU, ANTIQUITÉS ET BROCANTE. NOUS AVONS RENDEZ-VOUS...

M. LOISEAU? CE N'EST PAS AVEC VOUS QUE J'AI...

NON NON, C'EST AVEC MON FRÈRE QUE VOUS AVEZ TRAITÉ L'AFFAIRE...

MAIS NE VOUS INQUIÈTEZ PAS, MAXIME ET MOI ON EST ASSOCIÉS!

BON, JE CONTRÔLE L'ESTIMATION ET JE VOUS...

HO HOO!! 'Y A QUELQU'UN? C'EST LE FACTEUR!

VA DONC T'OCCUPER DU COURRIER. M. LOISEAU ET MOI AVONS ENCORE QUELQUES DÉTAILS À RÉGLER...

AH! VOUS AU MOINS, VOUS AVEZ DÉCROCHÉ UN JOB D'ÉTÉ PEINARD! C'EST PAS COMME MOI! 5 LETTRES OU 350, J'AI LA MÊME TOURNÉE À FAIRE. BON, À DEMAIN!

EXCUSEZ-MOI, VOUS ÊTES LE CONCIERGE?

NON JE LUI FILE UN COUP DE MAIN! JE PEUX VOUS AIDER?

JE BEN JE VIENS POUR L'ANNONCE...

JE NE SUIS PAS AU COURANT. BOUGEZ PAS JE VAIS LE CHERCHER...

TCHICLIC!

9

C'EST VOUS ?!? AH MES SALAUDS ! VOUS VOULEZ MA MORT OU QUOI ?!

EXCUSEZ-NOUS, M. MARCEL, ON NE VOUS SAVAIT PAS SI ÉMOTIF... VOUS AVEZ TOUCHÉ LE TIERCÉ !

COMME PRÉVU, ON VIENT RÉPÉTER. ALORS, CE LOCAL IL EST PRÊT ?

TOUCHE PAS AU GRISBI SALOPARD !!

?

FROUT

LE LOCAL ? STAN EST EN TRAIN DE LE VIDER, MAIS MAINTENANT, AVEC DES COSTAUDS, COMME VOUS, ÇA VA ÊTRE BOUCLÉ EN 2 TEMPS 3 MOUVEMENTS !.

TCHICLIC!

MAIS QU'EST-CE QU'ILS NOUS JOUENT LÀ ?!! Y S'PASSE QUOI ?!!

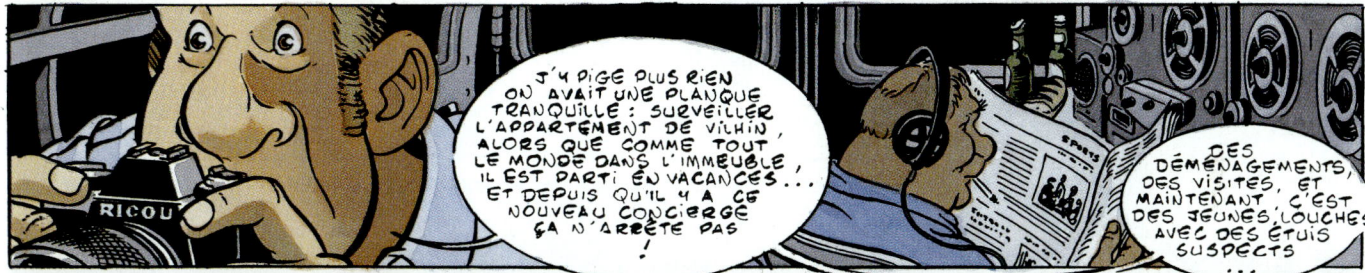

RICOU

J'Y PIGE PLUS RIEN. ON AVAIT UNE PLANQUE TRANQUILLE : SURVEILLER L'APPARTEMENT DE VILHIN, ALORS QUE COMME TOUT LE MONDE DANS L'IMMEUBLE, IL EST PARTI EN VACANCES... ET DEPUIS QU'IL Y A CE NOUVEAU CONCIERGE ÇA N'ARRÊTE PAS !

DES DÉMÉNAGEMENTS, DES VISITES, ET MAINTENANT DES JEUNES LOUCHES AVEC DES ÉTUIS SUSPECTS...

À PROPOS DE VILHIN, T'AS LU LA SÉRIE D'ARTICLES SUR LA MONTÉE DE L'EXTRÊME DROITE ? ON N'EST PAS LES SEULS À S'INTERROGER SUR LE FINANCEMENT DU PARTI DE L'ORDRE NATIONAL...

Ouest Presso

ENQUÊTE SUR L'EXTRÊME DROITE : FINANCEMENT DES PARTIS

ÉLECTRICITÉ MALGUY

TIENS DIS DONC, TANT QUE T'AS LE JOURNAL TU PEUX ME FILER LES RÉSULTATS DU DERNIER QUARTÉ ?

TU JOUES ENCORE À CES CONNERIES, TOI ? C'EST ARNAQUE ET COMPAGNIE TOUT ÇA !!

TU CROIS ? C'EST PAS POSSIBLE

MERDE !! ÇA S'ACTIVE À NOUVEAU LÀ-DEDANS !...

OUF! C'EST LE DERNIER !

BON MAINTENANT AU BOULOT! LA RÉPÉT' N'ATTEND PAS !

EXCUSEZ-MOI JE VIENS POUR L'ANNONCE...

MÊME PAS LE TEMPS D'UNE PETITE BIÈRE !

MAIS JE VOUS EN PRIE, SUIVEZ-MOI, NOUS ALLONS NÉGOCIER ÇA DANS MA LOGE

13

DÉPÊCHE-TOI BOUDU, ON EST EN RETARD! ILS DOIVENT AVOIR FINI LEUR RÉPÉTITION DEPUIS UNE DEMI-HEURE AU MOINS!

OUF! VOUS ÊTES ENCORE LÀ! ÇA Y EST, J'AI LES AFFICHES.

SUPER! ON VA POUVOIR COMMENCER LA PUB!

TOUT COMPTE FAIT, ON VA ÊTRE FIN PRÊTS POUR LE CONCERT!

CHUT!! ATTENTION! IL Y EN A UN QUI VIENT VERS NOUS!

TU CROIS QU'ON EST REPÉRÉS?

ALORS?

J'SAIS PAS... J'VOIS PLUS RIEN!...

?

♪

QUATUOR MORPHÉE

LA TÉLÉ ÇA REND CON!

JE QUAND MÊME JE TROUVE QUE T'AURAIS PU ME FILER UN COUP DE MAIN POUR EMMENER LE LIT... ET PUIS LA TÉLÉ AUSSI...

ET ALORS, Mⁿᵉ TROUCHU ELLE A PLEURÉ QUAND VOUS AVEZ ÉCRIT : "CE DERNIER BAISER AVAIT LE GOÛT SUAVE D'UN SOLEIL COUCHANT SOUS LES PALÉTUVIERS DE PARAMARIBO"... TELLEMENT QU'ELLE TROUVAIT ÇA BEAU...

TIENS! Mᵐᵉ PLOTTIN!

CAMILLE! QUELLE BONNE SURPRISE! JE PASSAIS JUSTE POUR APPORTER DES PETITS PÂTÉS ET LE COURRIER À M. FORELL! QUEL ÉCRIVAIN!! ET MONSIEUR STAN? IL N'EST PAS AVEC VOUS?

PATATRAS BING DZINNG

IL ARRIVE...

POURTANT, JE M'ÉTAIS PENCHÉ... J'AI OUBLIÉ LES MIROIRS...

1... 2...3. 3 FOIS 7 21 ANS DE MALHEUR MONSIEUR STAN!

ÇA LUI FERA LES PIEDS!!!

QU'EST-CE QUE C'EST QUE TOUT CE BAZAR

C'ÉTAIT À UN DES LOCATAIRES DE MARCEL, M. VILHIN, QUI EST DÉCÉDÉ... TOUS CES TRUCS ALLAIENT PARTIR À LA POUBELLE

DIS DONC, CE MATIN LE BURALISTE M'A DIT: TIENS! V'LÀ L'ÉCRIVAIN "DES CŒURS MEURTRIS!" ET IL A RIGOLÉ!. C'EST MARCEL QUI A LÂCHÉ LE MORCEAU À TOUT LE QUARTIER. TU SAIS COMME IL EST: UN VRAI CONCIERGE!

À PROPOS DE CONCIERGE, J'AI UNE GRANDE NOUVELLE À VOUS ANNONCER: JE VIENS D'ACHETER UNE LOGE. J'Y AI MIS TOUTES MES ÉCONOMIES. D'APRÈS LE VENDEUR, UN MONSIEUR TRÈS BIEN, J'ASSURE MES VIEUX JOURS!

ALORS ON S'EST UN PEU SERVIS. TENEZ MADAME PLOTTIN, ON A MÊME PENSÉ À VOUS, ON VOUS A PRIS 2 VIDÉOS: "TOURBILLON DE L'AMOUR" ET "LE RETOUR DE LA MARQUISE DE L'AMOUR". ÇA VA VOUS PLAIRE!

OOOH!! COMME C'EST GENTIL... J'ADORE RITA CHAMOULOT, PAS VOUS? QUELLE GRANDE ACTRICE?

BRAVO! J'AI TOUJOURS PENSÉ QUE VOUS ÉTIEZ FAITE POUR ÇA!

ÇA S'ARROSE!!

15

17

BON! ON SAIT QU'ILS SONT SUR UN BATEAU QUI S'APPELLE "LA BERNIQUE HURLANTE". AVEC ÇA, ON DOIT POUVOIR LES RETROUVER...

TOUT FOUT LE CAMP! IL AVAIT POURTANT L'AIR BIEN, CE PETIT COUPLE! MOI, J'ÉTAIS SÛR QUE C'ÉTAIT DES MELONS QU'AVAIENT FAIT LE COUP!

LE GARÇON, C'EST SÛREMENT LE COMPLICE DU FAUX CONCIERGE... IL FAUT ABSOLUMENT METTRE LA MAIN DESSUS ET RÉCUPÉRER LES CASSETTES. L'AVENIR DU P.O.N. EN DÉPEND! ENSUITE, VOUS SAVEZ CE QU'IL VOUS RESTERA À FAIRE...

C'EST QUOI C'T'EMBROUILLE ?!?

ÇA SENT PAS BON POUR LE P'TIT GARS EN TOUT CAS... IL AURAIT MÊME INTÉRÊT À CE QU'ON LE RETROUVE LES PREMIERS...

D'AUTANT QUE CES CASSETTES M'ONT TOUT L'AIR D'ÊTRE LA PREUVE QU'ON CHERCHE DEPUIS LONGTEMPS...

OUAIS! MAIS ON N'A PAS L'OMBRE DE LA MOITIÉ D'UNE PISTE POUR LE LOCALISER...

ATTENDS! JE VAIS ALLER ME RENSEIGNER AUPRÈS DES COLLÈGUES!

ALORS?

RIEN!

NOM DE DIEU! DERRIÈRE TOI !!

HEIN?!

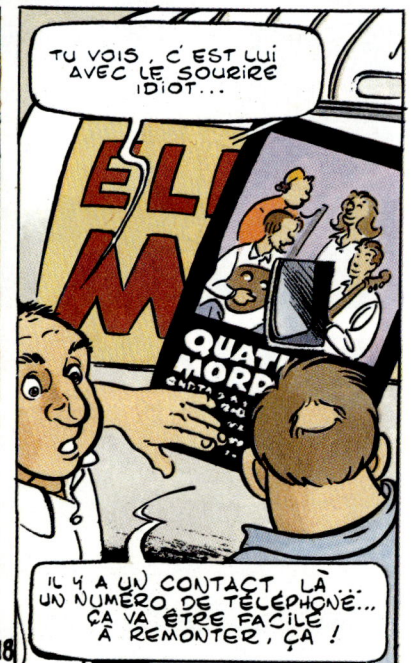

TU VOIS, C'EST LUI AVEC LE SOURIRE IDIOT...

IL Y A UN CONTACT LÀ, UN NUMÉRO DE TÉLÉPHONE... ÇA VA ÊTRE FACILE À REMONTER, ÇA !

21

M-E 21

23

UN PEU DE SILENCE! C'EST LES RÉSULTATS DU CARTO! ET J'SUIS SÛR QU'AUJOURD'HUI C'EST MON JOUR DE CHANCE!

ALORS LÀ, ÇA M'ÉTONNERAIT!!

VOICI LES RÉSULTATS ET LES RAPPORTS DES 2 DERNIERS TIRAGES DU CARTO...

LE 8 DE CŒUR, LE VALET DE TRÈFLE LA DAME DE CŒUR ET LE 3 DE CARREAU! VOILÀ LA COMBINAISON GAGNANTE QU'IL FALLAIT COCHER! NOUS VOUS RAPPELONS LA CAGNOTTE DE 200 MILLIONS DE FRANCS À GAGNER AU DEUXIÈME TIRAGE DU SUPER CARTO EXCEPTIONNEL DE DEMAIN! À VOS GRILLES!

ENCORE PERDU! MAIS C'EST PAS GRAVE! LE SUPER CARTO, C'EST POUR MA POMME, DEMAIN!

?

ET DONC, LE BOURG C'EST DANS QUELLE DIRECTION

C'EST PAR LÀ J'VOUS DIS! MAIS, Z'ALLEZ PAS PARTIR COMME ÇA, LES GARS! J'AI UNE P'TITE GOUTTE DONT VOUS M'DIREZ DES NOUVELLES... BOUGEZ PAS!

NOM DE DIEU! C'EST QUI L'COCHON QU'A TOUT SALOPÉ MON LINO!!!

FLITCH

FLOTCH

Ô MON BATOOOO HO HO HO!

ALLEZ LES GARS! ON SE DÉPÊCHE, CAMILLE VA ENCORE NOUS ENGUEULER!!

SURTOUT QUAND ELLE VA VOIR DANS QUEL ÉTAT ON EST!!

ET MERDE! J'AI OUBLIÉ D'ENLEVER MES POMPES!

HÉ LES MECS! C'EST D'NOTRE FAUTE SI L'ÉPICERIE ÉTAIT FERMÉE, HEIN? CAMILLE ELLE DEVRAIT MÊME ME REMERCIER D'AVOIR PENSÉ À ALLER AU BISTROT!

OHÉ DU BATEAU!!

ÇA C'EST SÛR! ELLE VA ÊTRE CONTENTE, CAMILLE QU'ON RAPPORTE DES MARS, DES ŒUFS DURS ET DES CROISSANTS RASSIS!!

OH! LES CROISSANTS RASSIS... RASSIS... BIEN TREMPÉS DANS DU VIN...

C'EST BIZARRE! PERSONNE NE RÉPOND...

CAMILLE!

M.E 28

MA VIOLE!

PAUVRE BOUDU!

CAMILLE... ENLEVÉE!

ET LE CRINCRIN, FOUTU...

QUI A BIEN PU FAIRE ÇA ? ET DE QUELLES VIDÉOS PARLENT-ILS, D'ABORD ?

"VOTRE COPINE CONTRE LA VIDÉO DES TIRAGES DEMAIN MIDI, AU BAR "LE CHIEN JAUNE"... BIEN ENTENDU PAS DE FLICS..."

COMMENT VEUX-TU QUE JE SACHE ?

HUM... IL Y A BIEN CELLES QUE VOUS AVEZ PRISES CHEZ VILHIN..

CHEZ VILHIN? DES CASSETTES ?

AH OUI! CELLES QU'ON A OFFERTES À MADAME PLOTTIN... MAIS C'EST JUSTE DES FILMS À L'EAU DE ROSE ?

COMME DE TOUTE FAÇON ON N'A PAS D'AUTRE PISTE ON FONCE CHEZ MADAME PLOTTIN...

LE REMORQUEUR SE DÉBROUILLERA BIEN TOUT SEUL... TOI, TU VIENS AVEC NOUS... J'AURAIS UNE OU DEUX QUESTIONS À TE POSER...

C'EST BEN... CE QU'ON M'A DIT... MAIS TU SAIS, LES "ON DIT"...

BON MOI, JE RESTE ATTENDRE LE REMORQUEUR...

...SUR VILHIN PAR EXEMPLE, PARCE QU'IL EST BIEN MORT HEIN ?

30

32

PAUVRE BOUDU! ÇA ME FAIT QUELQUE CHOSE... ET VOUS PENSEZ QUE CAMILLE...

OH! QU'EST-CE QUE C'EST QUE ÇA ?!?

D'APRÈS LA JAQUETTE C'EST "LE TOURBILLON DE L'AMOUR"

C'EST BIZARRE... JE NE RECONNAIS PAS RITA CHAMOULOT... MAIS ÇA N'A PAS L'AIR MAL NON PLUS...

ÉVIDEMMENT, MARCEL S'EST FAIT LA MALLE... DANS LE FOND BON DÉBARRAS...

HÉ! ATTENDEZ VOIR... JE LE CONNAIS CET ACTEUR... C'EST PAS UN ACTEUR D'AILLEURS... D'OÙ EST-CE QUE JE LE CONNAIS?

MAIS! C'EST LA CHAMBRE À COUCHER DE VILHIN!!

IL Y AURAIT DU CHANTAGE DANS L'AIR QUE ÇA NE M'ÉTONNERAIT QU'À MOITIÉ...

ET SUR L'AUTRE, QU'EST-CE QU'IL Y A

HÉ! MAIS C'EST PAS FINI !!...

RIEN D'INTÉRESSANT... DES TIRAGES DU CARTO. ET POURTANT, C'EST CELLE-LÀ QU'ILS VEULENT... BIZARRE...

ILS RÉCLAMENT "LA VIDÉO DES TIRAGES" C'EST PEUT-ÊTRE L'AUTRE ?!?

TU CROIS VRAIMENT QUE C'EST LE MOMENT DE FAIRE DE L'HUMOUR ?!

DITES... SI VOUS EN AVEZ FINI AVEC CELLE-LÀ VOUS POURRIEZ REMETTRE LA PREMIÈRE ?...

!?

!?!

JE N'AI PAS PU L'ÉVITER! IL S'EST JETÉ SOUS MES ROUES... IL AVAIT L'AIR DE DANSER ET DE CHANTER...

QU'EST-CE QU'IL DIT?

JE NE COMPRENDS PAS. ON DIRAIT "MERCI R.T.L" OU QUELQUE CHOSE COMME ÇA...

BON, QU'EST-CE QU'ON FAIT MAINTENANT! FAUDRAIT PAS OUBLIER CAMILLE...

LE RENDEZ-VOUS N'A LIEU QUE DEMAIN MIDI... J'AI LE TEMPS DE FILER À "OUEST PRESSO" VOIR MON COPAIN BOB... IL DOIT ÊTRE EN PLEIN BOUCLAGE À CETTE HEURE-CI...

IL RECONNAÎTRA PEUT-ÊTRE QUELQU'UN LÀ-DEDANS...

OH!.. VOUS POUVEZ LAISSER ENCORE UN PEU!.. IL Y A UN SACRÉ SUSPENS

TIENS! UN REVENANT! TOUJOURS AMOUREUX? ①

ÇA VA, HEIN!! OCCUPE-TOI PLUTÔT DE TES CHIENS ÉCRASÉS!...

① voir tome 1: "GELDA"

ET JETTE PLUTÔT UN ŒIL LÀ-DESSUS...

OOH! TE FÂCHE PAS! SI ON PEUT PLUS S'INTÉRESSER...

FAIS VOIR ...

BEN MERDE! LE PROCUREUR GÉNÉRAL DENEZ! ET LÀ, LE P.D.G DE LA CODIMA, M. VASSEUR DE SIBRAN... ÇA, POUR UNE SURPRISE! MAIS C'EST LE GOTHA DES CULS-SERRÉS...

PAS SI SERRÉS QUE ÇA!!

ET CELUI-LÀ, C'EST QUI?

AH CELUI-LÀ? LE DIRECTEUR DE LA NATIONALE DES JEUX, M. MANFEIN'...

DIS DONC, IL Y A DE QUOI FAIRE CHANTER TOUT CE BEAU MONDE LÀ-DEDANS! OÙ EST-CE QUE TU AS TROUVÉ, ÇA?

CHEZ UN CERTAIN VILHIN, UN TYPE QUI A PASSÉ L'ARME À GAUCHE LE MOIS DERNIER, JE CROIS...

VILHIN? LE TRÉSORIER DU P.O.N MORT? TU RIGOLES! SI C'ÉTAIT LE CAS CE SERAIT LA FÊTE ICI! MON SALAUD! ON ÉTAIT QUELQUES-UNS À SE DEMANDER D'OÙ CE PARTI NÉO-NAZI TIRAIT SON POGNON, ET BIEN, L'EXPLICATION, LA VOILÀ! QUEL SCOOP!

SCOOP? RIEN DU TOUT! JE RÉCUPÈRE LA CASSETTE IL Y VA DE LA VIE DE QUELQU'UN! MAIS SI TOUT SE PASSE BIEN JE T'ENVERRAI UN ARTICLE TU N'AURAS QU'À LE SIGNER!..

?

PRÉPARE-TOI POUR LE PRIX PULITZER! EN ATTENDANT, TU LA BOUCLES!

LÉO! PAPA !! RÉVEILLE-TOI !

HMM... QUELLE HEURE EST-IL ?.. MAIS , ÇA VA PAS ?!! IL EST À PEINE SEPT HEURES ?!! ON N'A RENDEZ-VOUS QU'À MIDI...

JE ME DEMANDE COMMENT TU PEUX DORMIR! MOI, JE N'AI PAS FERMÉ L'ŒIL DE LA NUIT...

T'ÉTAIS PASSÉ OÙ QUAND JE SUIS RENTRÉ DE "OUEST-PRESSO" ?

J'ÉTAIS SORTI MARCHER UN PEU! J'EN AI PRO-FITÉ POUR RÉCUPÉRER LA VOITURE... AU FAIT! T'EN AS TIRÉ QUELQUE CHOSE DE BOB ?

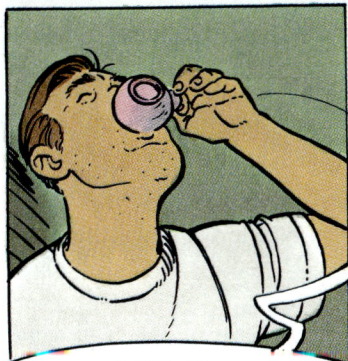

TU PARLES DU P.O.N. ?

DE QUOI VEUX-TU QUE JE PARLE ?! ET TIENS-TOI BIEN , LE PETIT GROS, HABIL-LE EN ÉCOLIÈRE , TU SAIS, CELUI AVEC LES GAMINES SUR LA CASSETTE...

ET ALORS ?

UN PEU! TOUT CE QUE NOUS A RACONTÉ MARCEL, C'EST DU PIPEAU! LA MORT DE VILHIN ET LES DÉMÉNA-GEMENTS AUSSI , SANS DOUTE! SUR LA CASSETTE IL N'Y A QUE DES HUILES QUE VILHIN FAIT SÛREMENT CHANTER POUR FINANCER SON PARTI DE MERDE!

... C'EST LE DIRECTEUR DE LA NATIONALE DES JEUX!

ALORS ? FILCH D'ANDOUILLE ÇA NE TE DIT RIEN ? LES JEUX ?

37

41

À 21 HEURES? HA HA HA!! ELLE NE VAUDRA PLUS RIEN À CETTE HEURE-LÀ! LE DERNIER TIRAGE A LIEU À 20 HEURES!

T'OCCUPE! C'EST PLUS TES AFFAIRES!

QUOI?!

JE VOUS PRÉVIENS, J'AI LAISSÉ UN DOUBLE DE LA CASSETTE À UN AMI! SI JE NE SUIS PAS RENTRÉ AVEC CAMILLE À 21 HEURES, IL LA REMETTRA À LA POLICE...

POURQUOI? QU'EST-CE QUE VOUS ALLEZ FAIRE DE NOUS?

CE QUE NOUS ALLONS FAIRE?..

MAX!

NON! N...

AAAAA

SALAUDS! ASSASSINS!!

C'EST PAS POSSIBLE! VOUS NE POUVEZ PAS VOUS EN TIRER COMME ÇA!

SHLOUF

LA VIE, C'EST PAS COMME DANS LES B D, GAMIN!

MAX! CHARLES-HENRI! QU'ON EN FINISSE!

NOOON!

WWWUUUU UUUU

43

LE FASCISME NE PASSERA PAS!

AAAH!
DEVANT 'TOI!
ATTENTION!

45

1974

Les 60 ans de Papy

Vacances en Bretagne

Premières mauvaises notes. 1978

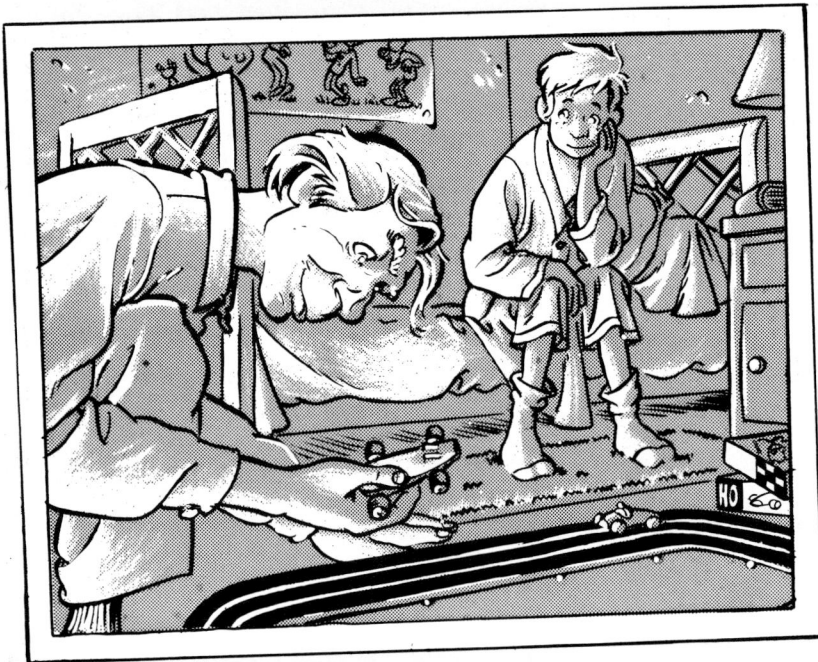

Noël 78